DOMINIK MATHIAS HEINZ MACHURA

Ein Tag in Eden

AF285895

STERN

kein Stern,
der steht,
ganz ohne Gewinne,
Vergessen, Verweht,
im Sinne der Stimme?

rote Gewänder,
eng geschnitten,
tragen im Sterne,
Farblos, Verblichen,
das Nahe zur Ferne!

ein Ding,
nicht existent,
verliert die Ferne,
Geschlossen, Getrennt,
bis ins Externe?!

Dominik Mathias Heinz Machura

Ein Tag in Eden

2. Auflage

September 2009

Copyright © 2009 Dominik Mathias Heinz Machura

Herstellung und Verlag: Books on Demand GmbH,
Norderstedt

Klappentexte: Dominik M. H. Machura

Umschlagbild: © 2009 Dominik M. H. Machura

Layout und Korrektur: Dominik M. H. Machura

ISBN: 978-3-8391-2620-2

Für meine Eltern Mathias und Regina

Meine Geschwister Marco, Natalie und
Anne-Catherine

Meine Großeltern Heinz, Lore und Mimi

Meine Onkel und Tanten Thomas, Jürgen und
Susanne

Meine Cousine Jonna

Danke für alles

Vorbemerkung:

Dieses Buch ist keine klassische Unterhaltungslektüre. Es ließt sich nicht so flott wie ein Fantasy- oder Science-Fictionroman.
Man muss vom ersten Wort an alles überdenken. Alles hinterfragen und oftmals von vorne beginnen.
Auch spielen in diesem Buch grammatikalische Subventionen und Rechtschreibzwänge nur eine Nebenrolle.
Ich habe alle Abweichungen, alle Zustimmungen mit einem Sinn versehen.
Diesen zu finden oder einen Neuen zu erschaffen, macht die Unterhaltung in meinem Buch aus. Nicht das blinde Lesen von Aktionsfolgen oder Dialogen.

Mir hat diese Art des Schreibens Freude bereitet und ich hoffe, dass diese Art des Lesens dem ein oder anderen auch Freude bereiten wird.

Mit freundlichen Grüßen,

Der Autor, Dominik M. H. Machura

8

Prolog

Ein Tag. Ein Garten. Ein Loch. Davor! In der Erde. Warum? Keiner weiß warum!

Es ist einfach da. In der Erde. Groß. Es ist groß! Wie groß? Was ist groß? Was bedeutet das? Was ist klein? Nicht groß. Oder? Wann fängt es an? Wann hört es auf? Was ist groß? Warum? Keiner weiß warum!

Es ist in der Erde. Es ist groß. Das Loch. Ein Loch? Es ist tief. Wie tief? Tiefer als alle anderen? Mindestens! Man sieht nur den Anfang. Kein Ende? Man sieht es nicht! Was für ein Anfang? Warum kein Eingang? Wo führt es hin? Was kommt aus ihm? Was ist sein Zweck? Hat es einen Zweck? Zwecklos. Warum? Keiner weiß warum!

Man kann sehen. Hinein. Nicht hinaus. Man kann nichts sehen. Dunkel. Es ist dunkel! Nichts zu erkennen. Nichts! Mehr nicht. Sollte man hineinschauen? Darf man das? Verboten? Warum? Keiner weiß warum!

Stille. Nichts zu hören. Nichts kann stören. Nichts zum stören! Nichts? Kein Satz! Kein Wort! Kein Buchstabe! Kein Ton! Tonlos. Stille! Warum? Keiner weiß warum!

Ein Loch. Groß. Mit Anfang. Mit Ende? Dunkel. Schwarz. Tonlos. Stille! Warum? Keiner weiß warum!

Davor. Ein Mann. Alt. Weißes Haar. Weißer

Bart. Seidenhose. Baumwollhemd. Ein schwarzes Hemd. Eine schwarze Hose. Er blickt hinein. Was sieht er? Was hört er? Nichts? Er konzentriert sich. Er wird nicht gestört. Geschlossene Augen. Er sieht nichts. Sein Gesicht, verziert mit Narben und Falten. Ein Muster. Ein Leben? Eine Narbe an der Nase. Unter ihr. Eine am Ohr. Über ihm. Rechts. Tonlos. Er sagt keinen Ton. Nichts zu hören. Eine Träne. Sie verlässt sein Gesicht. Sein Muster. Sein Leben? Sie fließt. Über seinen Bart. Über seine Brust. Über seine Beine. Über seine Füße. Ende? Sie liegt auf dem Boden. Der Erde. Neben dem Loch. Unfruchtbar. Sie trocknet. Sie verschwindet. Nichts. Sie ist verschwunden. Getrocknet. Vertrocknet? Ist nichts passiert? Ist nichts geschehen? Vergessen. Warum?
Keiner weiß warum!
Keine Träne mehr. Ein Versehen? Nur noch Loch und Mann. Sein Bart. Er wirkt länger. Gewachsen? Länger als vorher? Wann vorher? Zeit. Sie ist verschwunden. Wohin? Wohin ist sie nur verschwunden? Wo ist sie? Wird sie vermisst? Wer vermisst sie? Der Mann? Vergessen. Er bewegt sich. Er nähert sich dem Loch. Er ist langsam. Sucht er sie? Verliert er sie? Er lässt beides hinter sich. Er öffnet seine Augen. Leer. Seine Augen sind leer! Waren sie einmal Blau? Rot? Grün? Gold? Waren sie

Bunt? Er scheint zu lächeln. Er stoppt! Bewegt sich nicht mehr. Eine Haaresbreite vor dem Loch. Nicht weiter. Er beugt sich darüber. Er blickt hinein. Seine bleichen Augen verblassen. Warum? Keiner weiß warum! Es fallen Tränen. Er verliert sie. Alle! Blaue Tränen! Rote Tränen! Grüne Tränen! Goldene Tränen! Bunte Tränen? Das Loch füllt sich. Er verliert sich. Er wird kleiner. Er schrumpft. Er weint. Feste Tränen! Bunte Tränen! Das Loch füllt sich. Er lächelt. Immer noch. Ein trauriges Lächeln. Aber er lächelt. Er verschwindet. Fast nichts mehr zu sehen. Kaum mehr als ein Sandkorn. Inzwischen. Klein. Lächelnd. Weinend. Bleich und Alt. Ein Sandkorn! Es ist voll. Das Loch ist voll. Neben ihm, viele Sandkörner. Eine Flüssigkeit. Viele Farben. Bunt? Fest? Kann man darauf laufen? Man könnte! Aber warum? Ein stabiler Untergrund! Warum sollte man auf ihm laufen? Warum? Keiner weiß warum! Ein Lachen. Ein Kind. Es kommt. Es stolpert. Kann kaum gehen. Es ist jung. Sehr jung. Es kommt! Es kommt und es lacht. Mehr ein Glucksen! Kein Lachen. Es kommt. Mädchen? Junge? Nicht zu sagen. Es ist zu jung. Man erkennt nichts. Ein weißer Strampler. Es trägt ihn. Dehnbarer Stoff. Ein paar Flecken darauf. Braune Flecken. Es ist da. Auf dem Loch. Es fällt. Lässt sich fallen. Es landet. Lässt sich

landen. Auf dem Hintern. Auf dem Loch. Es
sitzt darauf. Es Lacht. Es sitzt und es lacht.
Glucksen? Es spielt. Es nimmt den Sand und
beginnt zu bauen. Auf dem Loch. Irgend
etwas. Es ist nicht zu erkennen was es werden
soll. Man kann nur raten. Man könnte es.
Warum? Keiner weiß warum!

Oder vielleicht doch?

Darum! Jeder weiß warum!

1.Segment

Zu Früh!

Schon wieder:
Ich stehe im Zug. Will zu meiner Arbeit.
Ich schaue auf meine Uhr.
Es ist kurz nach Mitternacht.
Ich muss früh arbeiten. Zu Früh!
Das Abteil ist fast leer. Nur zwei der Sitzplätze
sind belegt.
Ich stehe. Habe keine Lust mich zu den beiden
zu setzten. Will sie nicht stören. In ihrer
Zweieinigkeit.
Ich habe meinen Aktenkoffer dabei. Genau
wie die Sitzenden. Ihrer wirkt genauso
schwarz wie meiner. Ob ihnen bewusst ist,
dass mein Aktenkoffer heller ist.
Hoffentlich nicht.
Der Linke ließt gerade Zeitung. Seine
Anwesenheit bleibt fraglich.
Der Rechte schaut gedankensuchend aus dem
Abteilfenster.
Die Scheibe ist mit merkwürdigen Bildern
zerkratzt.
Man sieht ihm seine Anstrengung an. Seine
Anwesenheit bleibt fraglos.
Ich riskiere einen Blick nach draußen.
Problemlos.
Eine bunte, hell leuchtende Kette zerschneidet
durchgehend das Bild einer idyllischen
Nachtlandschaft.
Nur der Mond behauptet sich. Wie ein weit
aufgerissenes Auge schaut er auf mich herab.

Merkwürdig.

Es dürfte heute nicht Vollmond sein.

Aber was weiß ich denn schon. Nichts.

Der Zug fährt schnell.

Kaum fange ich an, die Konturen zu erkennen, müssen sich meine Augen schon mit dem nächsten Gebilde befassen.

Ich gähne. Erst einmal. Dann zweimal.

Vergesse dabei meine Hand vor meinen Mund zu legen.

Zum Glück haben es die anderen nicht bemerkt.

Zu meinem Glück wollten es beide nicht bemerken.

Plötzlich zerstört ein Quietschen meine Stille: Metall trifft auf Metall. Der Zug wird langsamer.

Er hält.

Ich stolpere. Hätte mich an einem Halteriemen festhalten sollen. Der Kampf um mein Gleichgewicht wäre im Zeitfluss ohne Strömung geblieben.

Keiner meiner Mitinsassen steigt aus. Keiner wechselt.

Die Türen öffnen sich.

Ein junges Mädchen steigt ein. Kommt nicht von hier. Von der Stadt.

Das erkenne ich auf den ersten Blick.

Ihren Körper bedeckt sie mit einem Rüschenkleidchen. Am Auffälligsten ist

jedoch ihr, mir bisher unbekannter
Gesichtsausdruck. Es ist ein merkwürdiges
Lächeln, das sie mit sich trägt.
Ihre Augen mustern mich.
Ich wende meinen Blick ab.
Die Türen schließen sich und der Zug beginnt
wieder zu fahren. Dafür verstummen die
Lichter in diesem Abteil.
Es riecht verbrannt.
Als die Lichter wieder einsetzten, befindet sich
das Mädchen schon fast bei den Sitzenden.
Sie liebäugelt mit einem der Sitzplätze.
In ihrem tänzelnden Schritt nähert sie sich
zuerst dem Rechten. Dieser wendet seinen
Blick ruckartig von der zerschnittenen Idylle
ab, um die Neue misstrauisch und ungestört
mustern zu können.
Sie wedelt einmal mit ihren langen Haaren und
setzt sich wie selbstverständlich hin.
Ein Fehler.
Mein erster Eindruck hat mich nicht getäuscht.
Sie ist definitiv nicht von hier.
Ich erkenne am Blick des Rechten, dass er es
auch erkannt hat. Es ist so weit.
Er zieht noch kurz seinen Schlips zurecht, um
sich danach gelassen aufzurichten. Nach zwei
Schritten steht er vor der Neuen und packt sie
an den Schultern. Gleichzeitig bäumt er sich
wie ein wütender Vater vor ihr auf.
Sie versucht sich zu befreien, was jedoch nur

dazu führt, dass der Rechte seinen Griff noch fester um sie legt.

Seine Augen schließend, schleudert er sie auf den Flur zwischen den beiden Sitzreihen.

Der Rechte schiebt sich seine Brille zurecht und geht ein zweites Mal zu dem Mädchen. Dieses blickt ihn mit ihren Augen fassungslos und ängstlich an.

Man erkennt, dass ihr aufgerissener Mund schreien will. Jedoch entweicht ihm kein Ton. Unabhängig davon, hätten ihr ihre Töne nicht geholfen. Es sei denn, sie hätte um Vergebung gebettelt.

Der Rechte, auf das Mädchen herabblickend, fängt nun damit an, konstant auf sie einzutreten.

Schon nach kurzer Zeit hat er ihre Verteidigung durchbrochen und ihr Blut spritzt durch das ganze Abteil.

Der Flur und die Sitze erhalten neue Punkte auf ihr Gestalt annehmendes Muster.

„Entschuldigen sie, aber ich möchte hier in Ruhe lesen!", sagt der Linke unerwartet, während er hinter seiner Zeitung hervorspäht.

Der Rechte hält kurz inne, um sich entschuldigend zu verbeugen:

„Entschuldigung. Es wird nicht wieder vorkommen!"

Der Rechte fährt fort das Mädchen zu treten. Immerhin darauf achtend, mich und den

Linken nicht mehr zu stören.

Das Quietschen fängt wieder an.

Der Zug wird wieder halten.

Wir werden wieder halten.

Ich muss aussteigen.

Die anderen beiden auch.

Der Linke faltet seine Zeitung zusammen, während der Rechte aufhört das Mädchen zu bestrafen und zu meinem Ausgang kommt.

Ich fahre mir durch die Haare und gehe zu dem Platz, an dem der Rechte das Mädchen gerichtet hat. Nichts hat mich je mehr Überwindung gekostet.

Auf meinem Weg treffe ich den Linken.

Er läuft, ohne mich zu würdigen oder zu bemerken, rechts an mir vorbei. In der einen Hand seinen Aktenkoffer und unter dem anderen Arm die Zeitung von Gestern.

Ich habe nicht mehr viel Zeit. Obwohl es noch sehr früh ist.

Der Zug kann jede Sekunde zum Stillstand kommen.

Ich stehe vor dem Mädchen. Erstmals so nah.

Sie lächelt. Immer noch.

Dafür sind ihre Augen inzwischen genau so ausdruckslos, wie die des Rechten.

Ein Räuspern entfährt meinem Körper.

Überrascht beuge ich mich über die rechte Sitzreihe neben mir. Ich nehme mir den vergessenen Aktenkoffer des Rechten und werfe ihn ihm zu.

"Danke!", lässt dieser noch von sich verlauten, bevor er den Zug verlässt.

Ich muss mich beeilen.

Ohne meiner Art treu zu bleiben, renne ich zu meinem Ausgang, mit der Hoffnung, damit eine andere Unart von mir verhindern zu können. Schließlich bin ich noch nie zu spät gekommen und ich werde nicht damit anfangen.

Ich habe Glück. Wieder einmal.

Die Türen sind noch geöffnet, so dass ich mit Schweißtropfen auf meiner Stirn den Zug verlassen kann.

In meinem Überschwung ramme ich eine alte Frau.

Sie hat eine Handtasche. Ungewöhnlich.

Ohne mich zu entschuldigen und der flüchtigen Feststellung, dass diese alte Frau nicht von hier kommt, verlasse ich schließlich mein Abteil.

Ich bin draußen. Atme die frische Luft der Idylle und bemerke nebenbei, dass die alte Frau zu dem auf dem Boden liegenden Mädchen hinhumpelt.

Sie kümmert sich um die alte Neue. Ihre Anwesenheit bleibt fragwürdig.

Die Türen schließen sich.

Ich räuspere mich noch einmal und der Zug fährt ohne weitere Verzögerungen weiter.

Ich schaue auf meine Uhr.
Ich bin zu früh dran. Immer noch. Und zwar
viel zu früh!
Leider.
Es wird früh.

Endstation

Der Zug fährt nicht mehr.
Er hat seine Abschlussfahrt beendet.
Eine Meute von Städtern in weißen Anzügen
tummeln sich in ihm.
Eine alte Frau redet auf sie ein.
Die Weißanzüge ignorieren sie.
Sie blicken auf ein Mädchen am Boden. Jung
und leblos.
Ein Weißanzug mit goldenem Namenschild
kniet über ihr. Seine Hände tasten ihren
Körper ab.
Er lässt keine Stelle aus. Einige betastet er
mehrmalig.
Der Abteilboden ist mit Blut bespritzt.
Trockenem Blut.
Trotzdem achten die Weißanzüge darauf, nicht
mit diesem Rot in Berührung zu kommen.
Der Goldschildstädter hat genug.
Er steht auf.
Er gähnt.
Die anderen Weißanzüge starren ihn an.
Sie haben verstanden. Einer nach dem anderen
verlässt den Zug. Keiner spricht.
Die alte Frau kämpft um Aufmerksamkeit.
Kann sich kaum auf den Beinen halten. Kaum
fortbewegen.
Sie geht einige Schritte zurück. Reibungslos.
Die Zugheizung ist defekt.

Der Goldschildträger zwinkert ihr zu.

Er wird im Zug bleiben.

Er wartet nur noch auf das Verlassen der alten Frau.

Beide stehen sich regungslos gegenüber.

Die Zugtüren schließen sich. Quietschend. Laut. Langsam.

Der Goldschildträger wendet sich dem Mädchen zu.

Sein Gesicht wirkt wie aus Marmor gemeißelt.

Die alte Frau schreit.

Sie hat nicht aufgegeben.

Der Zug ist leer. Nur noch sie und der Goldschildträger verweilen in ihm.

Dieser kniet sich wieder über die Seelenlose.

Die alte Frau humpelt auf ihn zu. Jeder Schritt fällt ihr schwerer. Ihre Handtasche hängt leidenschaftslos an ihrer Schulter.

Der letzte Weißanzug setzt seine Analyse der Seelenlosen fort:

Er zieht sie langsam aus. Seine Hände wissen genau was sie zu tun haben. Schnell und zielstrebig öffnen sie alle Knöpfe am Rüschenkleid der Verliererin.

Die alte Frau schreit auf ihn ein.

Keines der Worte findet einen Weg in das Ohr des Weißhemdstädters.

Er hat dem Mädchen das Kleidchen heruntergezogen.

Sein Blick mustert es. Eindringlich. Nicht

aufdringlich.

Er riskiert einen Blick nach oben, senkt ihn aber sofort wieder. Er macht sich an die Unterwäsche des Mädchens.

Plötzlich liegt eine fremde Hand auf seiner Schulter.

Die alte Frau steht hinter ihm.

Ihre Körper berühren sich.

Er ist kurz davor sich zu übergeben.

Seine Hände lösen sich von der Unterwäsche der Entblößten. Die alte Frau stößt ihn nach vorne.

Der Goldschildträger liegt auf der Leiche.

Er reagiert schnell.

Richtet sich sofort wieder auf. Gefühlsfrei.

Er steht der alten Frau gegenüber.

Bewegungslos und ohne Wärme.

Er stürmt an ihr vorbei. Richtung Abteiltüre.

Er lässt das Mädchen unbearbeitet zurück.

Die alte Frau zieht das Mädchen wieder an.

Sie hat gewonnen. Vorerst.

Der Goldschildträger hat das Abteil verlassen.

Er zieht seinen Anzug aus.

Sein Oberkörper ist proportional makellos.

Keine Muskeln, die nicht unbedingt sein müssen.

Er betrachtet seinen Anzug.

Ein großer, roter Fleck ziert seine Vorderseite.

Er schleudert ihn auf den ersten Sitz.

Seine Blicke durchsuchen das Abteil.

Er kontrolliert jede Ecke ohne sich zu bewegen.

Erstaunt hält er inne.

Er starrt durch einen offenen Spalt der Abteiltüre.

Die alte Frau hat das Mädchen wieder angezogen.

Er greift den Henkel und schlägt die Türe nun endgültig zu. Das folgende Geräusch hallt durch den Zug. Ein Echo folgt auf das andere. Kein Ende ist in Sicht. Er setzt sich neben sein Hemd. Sein Atem ist ruhig. Seine Augen sind klar. Er schaut auf den Sitz vor sich. Er ist leer. Vorsichtig berührt er seinen Anzug. Seine Augen schließen sich. Seine Finger fahren die Kanten des Fleckes nach. Sein Zeigefinger kommt am goldenen Schild zum stehen. Es ist nicht rot, wenngleich sein Rahmen leichte Farbveränderungen aufweist. Feine Linien sind in die goldene Oberfläche eingraviert. Sein Zeigefinger fährt sie nach. Mehrere Male! Er zieht seine Hand zurück. Sein Zeigefinger legt sich auf seinen Mund. Zeitlos und ungezwungen verharrt er in dieser Position.

Auf einmal wird es still.

Das Echo ist verstummt!

Er zuckt.

Das Geräusch von sich öffnenden Stahltüren durchdringt die neue Lautlosigkeit.

Reflexartig schnappt er sich seinen Anzug und

zieht ihn sich über.

Die Flüssigkeit darauf ist getrocknet.

Der Goldschildträger steht auf. Durch das Abteilfenster erkennt er einen weißen Schatten.

Er flüchtet.

Rennt zur entgegen gesetzten Abteiltüre.

Er reißt sie auf und stürmt in ein neues Abteil.

Es ist identisch mit dem Verlassenen.

Schritte nähern sich ihm.

Der Goldschildträger hechtet von Abteil zu Abteil.

Er macht keine Pause.

Die Schatten und Schritte verfolgen ihn.

Der Goldschildträger zeigt keine Anzeichen von Angst.

Der Zug nimmt kein Ende.

Plötzlich stolpert er. Sucht nach Halt.

Er findet ihn. An der Armlehne eines Sitzes.

Er stützt sich auf. Direkt hinter ihm liegt sein Goldschild. Neben dem Regenschirm, der ihn beinahe zu Fall gebracht hätte.

Sie haben ihn fast eingeholt.

Er beißt auf seine Unterlippe und rennt weiter.

Er fasst sich mit seiner Hand an die nun leere Stelle seines Anzuges.

Er spürt wie sein Herz pocht. Unregelmäßig und leise.

Er hat das letzte Abteil erreicht.

Er rührt sich nicht mehr.

Es geht nicht mehr. Nicht weiter.

Hecktisch vollzieht sein Körper eine Drehung.

Er schließt die Abteiltüre mit all seiner Kraft.

Mit all seinem Wissen. Mit all seinem Unwissen.

Er tritt einige Schritte zurück.

Er weiß was kommt.

Er stand oft genug auf der anderen Seite der Türe.

Er war oft genug derjenige, vor dem man geflüchtet ist.

"Makaber" ist das einzige Wort, das ihm immer wieder durch den Kopf schießt.

Seine Augen öffnen sich.

Er hat einen Entschluss gefasst.

Er wird nicht länger dagegen ankämpfen.

Er setzt sich auf den Boden und wartet.

Sein Tag ist zu Ende.

Die alte Frau

Alle Autofenster sind beschlagen.
Es ist dunkel in der Stadt. Selbst die
aufgehende Sonne kommt nur schleppend
voran.
Der Gehweg offenbart seine Glätte.
Auf den Straßen ertönt der Klang von
Sirenenkonzerten und Hupchören.
Fein abgestimmt spielen sie die Symphonie
des Morgens.
Der Himmel wacht über dieses Spektakel und
seine Bühne.
Die alte Frau verlässt die Endstation der
Stadtzüge.
Sie ist die Letzte die kommt.
Die Sprengung der Endstation ist für den
Abend dieses Tages geplant.
Die Haut der alten Frau ist mit Falten übersäht
und ihre Augen sind von Erschöpfung
gegeißelt.
Ihre Haare hat sie zu einem Zopf
zusammen-gebunden.
Sie schleicht über den gräulichen Gehweg,
ohne zu merken, wie sie auf ihm
verschwimmt.
Ihr Gehstock ist bereits untergegangen.
Die alte Frau beobachtet die ,nach der Melodie
der Stadt tanzenden, Städter.
Alle sehen gleich aus.

Sie ist nicht mehr in der Lage, die Städter zu unterscheiden.

Alle tragen die gleichen, langen, schwarzen Mäntel.

Alle haben einen schwarzen Regenschirm.

Alle krönen sich mit einer schwarzen Melone auf dem Haupt.

Die alte Frau nimmt ihre Handtasche von ihrer Schulter.

Es sind Blumenmuster darauf abgebildet.

Sie beginnt, während sie weitergeht, darin zu kramen.

Schließlich erhebt sie ihren Kopf und nimmt ein rotes Brillenetui heraus. Fast hätte sie damit ihren Stock zu Fall gebracht.

Mit einem unordentlichen Gesichtsausdruck öffnet sie ihren Behälter:

Er ist, außer einer feinen Schicht gelben Staubes, leer.

Ihre Gesichtszüge sammeln sich und sie packt das Etui zurück in ihre Tasche.

Erst jetzt erkennt sie, dass sie die einzige ist, die eine Handtasche bei sich hat.

Die Städter tragen alle ihre Aktenkoffer, die sie im Takt der Symphonie schwingen.

Ohne einmal angehalten zu haben, erreicht die alte Frau ihren Bestimmungsort:

Einen überfüllten Platz, in dessen Mitte eine Metallstatue thront. Diese hat die Form eines riesigen, mit Löchern überzogenen

Mülleimers. Zusätzlich verleiht ihm die aufgegangene Sonne ein goldenes Antlitz. Unzählige Städter tummeln sich um ihn und schweigen.

Die alte Frau wundert sich und murmelt.

Die alte Frau merkt, wie sie vom Thronenden angezogen wird.

In ihrem Gesicht kämpfen Furcht und Abscheu um die Gunst der Vorherrschaft.

Endlich fällt ihr Stock zu Boden.

Ihr Tag neigt sich dem Ende entgegen.

Die Städtergemeinde verschlingt sie.

Sie stößt mit einem Städter vor ihr zusammen. Ignoriert ihn.

Ihr Haarband löst sich und die Überreste ihrer Mähne wehen im Westwind nach Osten.

Sie kommt vor dem Mülleimer zum stehen.Lediglich ein Fleck trennt sie noch von ihm.

Kein Städter ist mehr vor ihr.

Alle haben einen Kreis um die alte Frau gebildet.

Alle starren die alte Frau erwartungsvoll an.

Mit Blicken, die sich kennen.

Mit Blicken, die erwarten.

Die alte Frau sinkt auf ihre Knie, wobei ihre Tasche auf den Betonboden fällt. Dabei öffnet sich der Verschluss und das Etui fällt heraus. Gefolgt von einem mit schwarzer Tinte gefülltem Tintenfass.

Letzteres zerbricht und die Tinte überflutet das Etui.

Ein plötzlicher Schmerz durchfährt die alte Frau.

Sie presst ihre Hände gegen ihre Brust.

Ihre Augen verschließen sich. Fassungslos.

Die alte Frau sinkt wortlos vor dem Mülleimer zu Boden.

Einigem Zucken folgt Stille und Starre.

Es beginnt zu regnen.

Die Städter öffnen ihre Schirme und wenden sich von ihr ab.

Sie schreiten davon.

Keiner wirft einen Blick zurück.

Der Platz ist leer.

Nicht ein Städter befindet sich mehr auf ihm.

Der Regen ist zu einem Wolkenbruch herangewachsen.

Der Mülleimer quillt über und beginnt zu wanken.

Aus gewaltlosen Schwankungen werden Gewaltige.

Der Mülleimer fällt auf den Körper der alten Frau. Genauso wie sein Wasser. Plätschern.

Als der Mülleimer mit einem Glockenklang auf dem Boden ankommt, ist von der alten Frau bereits nichts mehr zu sehen. Keiner der Städter hat dieses Schauspiel gesehen.

Keiner außer einem, der sich vorgebeugt und den Gehstock dem Beton entrissen hat.

Einem mit grauem Anzug und einem feuchten
Zettel in der Hand.

2.Segment

Früh.

Schon?

Ich stehe auf einer Straße.

Ich weiß weder wie sie heißt, noch wohin sie führt.

Sie liegt quer vor mir. Einfach so.

Ich überquere sie. Werfe keinen Blick nach rechts. Keinen nach links. Sonst ist nichts auf ihr.

Sie ist verlassen.

Ich schaue auf meine Uhr. Es ist früh. Schon? Nicht mehr zu früh!

Ich spüre wie mir ein Atemzug entfleucht. Ein erleichterter Atemzug.

Ungewöhnlich. Vor allem für mich.

Ich verstärke den Griff am Halter meines Aktenkoffers.

Mein Regenmantel streift über den Betonboden.

Es muss frischer Beton sein.

Sein stechender Geruch umhüllt mich.

Zum Glück bin ich ein Städter.

Ich habe die Straße überquert.

Nur noch einen Schritt nach oben. Auf den Gehweg.

Ich stoße mir mein Bein an.

Ich bleibe an einem Postkasten hängen.

Schmerzfrei.

Ich habe ihn nicht gesehen.

Seine Farbe sticht mir in die Augen.

Sein Gelb wirkt befremdlich.

Man sollte das abschaffen. Verbieten.

Ich habe mein Bein befreit.

Meine Hose hat es heil überstanden.

Ich muss aufpassen.

Fast hätte ich wieder geatmet. Falsch geatmet.

Der Gehweg ist überfüllt.

Ich bin nicht mehr alleine.

Unzählige Städter laufen auf ihm. Einige
rennen sogar.

Ich muss aufpassen.

Es liegt an mir.

Ich darf mit keinem zusammenstoßen. Keinen
von seinem Ziel entfernen.

Ich muss mich auf den Weg machen. Komme
zu spät. Obwohl es noch früh ist.

Fast schlendernd laufe ich durch die Menge.

Ich renne nicht. Habe dafür die falschen
Schuhe an.

Sie sind nicht schwarz genug. Zu hell.

Es sieht nach Regen aus.

Hoffentlich täuscht mich der Horizont. Mein
Horizont.

Ich habe meinen Regenschirm vergessen.

Hoffentlich irre ich mich.

Ich sollte es besser wissen.

Ich irre mich nicht.

Es wird regnen.

Die Wolken ziehen sich schon zusammen.

Ganz still und heimlich.

Keiner außer mir hat es bemerkt.

Alle Häuser sehen gleich aus.

Alles grau und fahl.

Alles wie immer.

Nichts hat sich verändert.

Nichts was mich kümmern müsste. So ist es gut.

Plötzlich.

Ein Geräusch.

Ein unbekannter Ton.

Er kommt von meinem Fuß. Meinem rechten Fuß.

Ich hebe ihn.

Glasscherben. Ein Gestell.

Ich habe eine Brille zertreten. Altmodisch.

Ich gehe weiter.

Es gibt kein Problem.

Es war nicht meine Brille. Was denke ich da.

Ich muss aufpassen.

Ich verliere mich.

Ich muss an heute Abend denken.

Wie es wohl dem Mädchen geht. Mit seinen langen Beinen.

Ich bin ein Narr.

Es wird gefährlich. Darf mich nicht verlieren.

Ich schaue zurück. Vorsichtig. Niemand darf es merken.

Die Brille ist weg. Schade.

Ich gehe weiter. Muss vorankommen.

Ich verhalte mich seltsam. Was ist nur aus mir geworden.

Ich bin bald da. Bei der Arbeit. Meiner Arbeit.
Ich kontrolliere die Uhrzeit. Mit meiner Uhr.
Es ist früh. Noch immer.
Ich werde nicht zu Spät kommen.
Ich sehe schon den Eingang. Vor mir. Eine
große Türe. Fast ein Tor. Mit feinem Gold
überzogen.
Es glänzt.
Es leuchtet. Ohne Sonne. Ohne Mond. Ohne
Strom.
Es steht offen. Andere Städter gehen ein und
aus.
Keiner berührt den anderen.
Keiner verliert sich.
Sie sind Perfekt. Alle. Selbst ich.
Ich stehe vor der Türe. Dem Tor.
Nur noch zwei Schritte, dann bin ich da.
Dem Ziel meines Morgens.
Ich bin durch. Stehe in der Eingangshalle.
Hecktisches Getriebe.
Alle rennen wirr umher. Wie immer.
Ich werde mich zu ihnen gesellen.
Zuerst noch zur Rezeption. Muss mich
anmelden. Meine Existenz bestätigen.
"Guten Morgen". Der Rezeptionist hat mich
gesehen. Abnormal.
"Morgen.", erwidere ich. Normal.
Ein Wächter kommt auf mich zu.
Er trägt einen weißen Anzug. Wie alle
Wachstädter.

Sein Gesicht ist wie meines.

Ich offenbare dem Rezeptionisten meine Papiere, um danach meinen Körper in Richtung des Wächters wenden zu können.

Auch ihm gestatte ich die selbe Offenbarung.

Er nimmt ein Papier und geht.

Ein merkwürdiger Tag.

Seit wann bin ich anders.

Meine Uhr piepst. Fast überhört.

Ich muss aufhören zu trödeln.

Ich gehe zum Aufzug. Mit den Überbleibseln meiner Papiere.

Ich schlängle mich durch meine Kollegen.

Ich darf keinen berühren. Darf meine Perfektion nicht verlieren. Habe bereits mein Papier verloren.

Ich muss vorsichtig sein.

Ich schaue nach vorne. Auf den Aufzug.

Er ist unten. Die Türen sind geöffnet. Ein Mitstädter steht in ihm.

Er winkt mir zu.

Er hat den gleichen Anzug wie ich.

Ich beeile mich. Sein Aktenkoffer steht auf dem Aufzugboden. Er ist mutig.

Die Aufzugtüren schließen sich.

Ich erhöhe mein Tempo. Mein Mitstädter winkt.

Die Türen sind zu.

Ich stoppe. Bin nicht überrascht. Normal.

Ein Glück. Habe mich nicht verändert.

Ich lockere den Griff am Halter meines
Aktenkoffers.
Er hat es verdient.
Ich auch.
Meine Kollegen versammeln sich um mich.
Einer nach dem anderen.
Sie warten auf den Aufzug. Auf seine
Rückkehr.
Wer das wohl im Aufzug war.
Kein Städter von hier. Trotzdem ein Städter.
Er sah genauso aus wie ich. Egal.
Das geht mich nichts an.
Es interessiert mich nicht.
Ich warte.
Der Aufzug lässt sich Zeit. Dabei muss ich
nach oben.
Ich habe keine Zeit mehr.
Ich schlage mit meinem Aktenkoffer gegen die
Aufzugtüren. Einen metallenen Ton später ist
er da.
Endlich.
Seine Türen öffnen sich.
Keiner hat meinen Fehler bemerkt.
Ich fahre mir durch die Haare und steige ein.
Die anderen folgen mir. Geordnet
nacheinander. Wie immer.
Ich habe die Vorhalle hinter mir gelassen.
Die Türen schließen sich.
Ein Quietschen noch und der Aufzug fährt
himmelwärts.

Ich fahre himmelwärts.

666 Stockwerke gibt es hier. 665 muss der Aufzug noch auf sich nehmen.

Das ist sein einziger Lebenssinn. Mir meine Fahrt zu erleichtern. Sie für mich zu übernehmen.

Ich habe mich um Wichtigeres zu kümmern. Habe keine Zeit mir über Wege den Kopf zu zerbrechen. Mich interessiert nur mein Ziel. Bald habe ich es erreicht. Meinen Arbeitsplatz.

Es ist still. Obwohl der Aufzug voller Städter ist. Selbst ich schweige. Mir ist nicht nach Gesellschaft. Meinen Kollegen auch nicht.

Sie halten sich an die Regeln.

Ich auch. Heute wie gestern.

Die letzte Brechung war vor meiner Zeit.

Noch 333 Stockwerke.

Der Aufzug ist schnell.

Er ist sich meiner Situation bewusst.

Im Gegensatz zu den anderen Städtern.

Sie haben nichts gemerkt.

Sie wissen nicht was auf sie zukommt.

Ich stelle meinen Aktenkoffer auf den Boden.

Meine Hand zuckt.

Ein unbekanntes Gefühl.

Es durchfährt mich. Meinen Körper.

Ich muss mich zwingen nicht zu lächeln.

Ich muss die Kontrolle behalten.

Ich fahre mir durch die Haare. Ein letztes Mal.

Der Aufzug kommt zum stehen.

Er steht.

Ich beuge mich nach unten und packe meinen Aktenkoffer. Hätte ihn nicht abstellen brauchen. Hätte mir einiges erspart.

Es quietscht.

Die Türen öffnen sich.

Sofort strömt kaltes Licht in den Aufzug.

Ich zittere nicht.

Meine Kollegen steigen aus. Einer nach dem anderen. Ein geordneter Vorgang. Jeder weiß wann er an der Reihe ist.

Ich habe noch Zeit. Fürs erste.

Ich bin der Letzte.

Meine Hände schwitzen.

Meine Augenlieder schließen sich.

Ich bin müde. Schrecklich müde.

Meine Augenlieder öffnen sich.

Ein Ausrutscher.

Ich bin an der Reihe.

Der Aufzug ist leer.

Ich mache meinen ersten Schritt.

Ich schaue auf meine Uhr.

Es ist früh. Noch immer.

Ich hätte mich nicht beeilen brauchen.

Ich habe mein erstes Ziel erreicht. Sogar vor meiner Zeit.

Leider.

Es wird spät.

Das graue Schaf

Er muss seinen Kopf senken.
Er hat keine andere Wahl.
Er ist sich der Folgen bewusst.
Er hat es bereits erlebt:
Zeiten, in denen er seinen Kopf nicht gesenkt
hat. Andächtig blickt er zurück.
Er ist aus seinem Automobil gestiegen.
Hätte er sich nicht ermahnt, hätte er sich dabei
seinen Kopf angestoßen.
Er schließt sein Gefährt und beginnt zu gehen.
Ruhig und gelassen.
Seine Hände in den Taschen vergrabend.
Seine Augen, heller strahlend als die Sonne.
Er mustert jeden Städter den er passiert.
Er grüßt jeden.
Er wird ignoriert!
Trotzdem macht er mit einem Grinsen im
Gesicht weiter!
Er besitzt weder einen Aktenkoffer, noch
einen Regenschirm. Trotzdem hat er ein Ziel!
Ohne sich die Umgebung anzusehen weiß er,
wohin ihn seine Schritte führen.
Er hat keine Schuhe an! Keine Socken!
Barfuss überquert er die erste Kreuzung.
Die Ampel lässt ihn passieren.
Keiner läuft ihm entgegen! Keiner folgt ihm!
Er ist und bleibt der einzige Überquerer.
Ein Hupkonzert begleitet ihn.

Automobile sind der Uhrsprung.
Städtermobile!
In jedes Fenster strahlen seine Augen hinein.
Alles bleibt dunkel!
Trotzdem macht er weiter.
Die Ampel verdrängt ihn.
Er steht auf der anderen Seite.
Die Automobile fahren weiter.
Er bleibt einen Moment lang stehen.
Seine Ohren spitzen sich.
Die Schreie eines Kindes überschatten die
Städtermassen um ihn herum.
Eine Träne fließt seine Wange hinab.
Andächtiges Schweigen umhüllt ihn.
Schließlich schüttelt er seinen Kopf und geht
weiter.
Die Schreie hinter sich lassend.
Die Städterwälle öffnen sich vor ihm.
Die Städterwälle verschließen sich hinter ihm.
Mit seinen Fingerspitzen tastet er sich an seine
Träne heran, bis es endlich zur Berührung
kommt.
Er entfernt sie von seiner Haut und mustert sie
mit seinen Augen.
Sekundenlang verflüchtigt sich das Grinsen
von seinen Lippen. Das Weinen hat aufgehört.
Er dreht sich um.
Eine Städtermauer steht ihm gegenüber.
Sein Grinsen hat das Labyrinth seiner Lippen
durchquert.

Die Träne auf seinen Fingern ist vertrocknet.
Seine Hand verschwindet in seiner Tasche.
Er schlägt seinen alten Weg wieder ein.
Er macht weiter wie zuvor. Verlorenes
verloren lassen.
Er stoppt.
Steht vor einem Schild.
Zeichen zieren es, werden zur Schrift und
bilden die Worte „Altes Erbaute".
Er setzt sich auf eine Marmorbank. Eine
Marmorbank in Sichtweite. In Sichtweite zum
Eingang des Erbauten. Dornensträucher
umrahmen es.
Blutrosen runden es ab.
Die Bank ist kalt.
Er lehnt sich zurück und überkreuzt seine
Beine.
Seine Leinenhose und sein Jackett bleiben
faltenfrei.
Das Graue von beidem hebt sich ab.
Die Sonne geht auf.
Die Bank wärmt sich.
Seine Augen verraten seine Müdigkeit.
Unbeobachtet fährt er mit seiner Hand unter
sein Jackett.
Kein Städter ist in der Nähe des Erbauten.
Eine Spinne spinnt ihr Netz zur
Bankoberfläche und klettert.
Ein Kreuz ziert ihren Rücken.
Die Hände des Grauen bringen eine Kette zum

Vorschein.

Sie scheint in der Sonne golden.

Er muss sich seine Hand vor die Augen halten.

Der Anhänger formt eine Ziffer. Eine Zahl.

Unbekannt bekannt.

Die Spinne sitzt auf der Bank. Neben dem Grauen.

Er nimmt sie nicht wahr. Nicht wirklich.

Schließlich reißt er sich den Anhänger vom Hals und wirft ihn ins Erbaute. Durch den Eingang. Über den Ausgang.

Er steht wieder. Wendet sich der Bank zu.

Er greift nach der Spinne und setzt sie auf ein Feld. Zweifelsfrei zweifellos.

Der Graue verlässt diesen Bereich der Stadt.

Das „Alte Erbaute".

Die Marmorbank.

Die Feldspinne.

Das Schild.

Ziffern.

Er folgt dem Weg, den er gekommen war.

Er kennt ihn.

Die Städter lassen ihn gewähren.

Grinsend läuft der Graue durch ihre Massen hindurch.

Er erreicht die Ampel.

Sie zögert.

Er kann nicht weitergehen.

Wird zum warten gezwungen.

Sie lässt ihn gewähren. Verdrängt ihn.

Er hat verstanden. Kennt die Konsequenzen.
Seine Hände bleiben unten.
Sie schlendern neben seinen Oberschenkeln.
Die Städter versammeln sich hinter dem
Grauen.
Er überquert die Straße.
Die Versammlung verfolgt ihn. Bewusst
unbewusst.
Keiner kommt ihm entgegen. Unbewusst
bewusst.
Eines der Städtermobile hupt.
Das Weiße. Es sticht heraus.
Die Schwarzen schweigen. Sie stechen nicht.
Der Graue hat die Überquerung
abgeschlossen.
Die Automobile verharren in ihrer Position.
Farblos.
Der Graue hat sein Städtermobil fast erreicht.
Mehr jedoch nicht.
Er biegt links davor ab.
Er kramt in seiner Hosentasche nach einem
Zettel, den er schließlich in seiner
Jacketttasche findet.
Er schließt ihn zwischen seinem Zeige- und
Mittelfinger ein.
Er liest ihn nicht.
Er kennt den Inhalt.
Die Ziffern.
Den Sinn.
Die Versammlung hat sich umorientiert.

Sie folgt ihm nicht mehr. Hat sich von ihm entfernt. Nah entfernt.

Der Graue hält inne und grinst ihren Rücken entgegen.

Er geht weiter. Dem neuen Versammlungsort entgegen.

Plötzlich beginnt der Regen.

Getragen von Blitz und Donner.

Er schluckt.

Damit hat er nicht gerechnet. Noch nicht.

Sein Jackett und seine Leinenhose drohen zu erweichen. Folglich verlangsamt er seinen Schritt, um diesem Prozess entgegenzuwirken.

Er weicht den Regentropfen aus!

Beides wiederholt sich. Mehrmals.

Als er den Versammlungsort erreicht, ist keiner der Städter mehr dort.

Lediglich ein Gehstock liegt auf dem Betonboden.

Er hebt ihn auf und begutachtet ihn.

Sein Zettel ist nass geworden.

Der Gehstock ist trocken.

Er bildet mit seiner Zettelhand eine Faust und lässt sich auf seinen neuen, alten Weg ein.

Immer grinsend und grüßend.

Seine Entscheidung ist gefallen.

Unwiderruflich ?!

Innen

Der Zaunkönig trifft einen Grünfink!
Der Zaunkönig mit seinem bräunlichen
Federkleid nähert sich vorsichtig seinem
Gegenüber an.
Der Grünfink gleitet immer weiter zurück.
Seine Silberflügel können dem Gegenwind
nicht standhalten. Notgedrungen entschließt er
sich auf dem nahe gelegenen Apfelbaum zu
landen.
Der Bräunliche folgt ihm.
Ihre Schnäbel kreuzen sich.
Beide stellen sich auf das Unausweichliche
ein:
Sie beginnen zu singen.
Der erste Ton gehört dem Grünfink.
Der erste Takt dem Zaunkönig.
Doch werden beide durch ihre Augen verraten:
Ihre Pupillen befinden sich in einem
Wettkampf.
Das Duett der beiden Ungleichen beginnt
damit, Aufmerksamkeit auf sich zu ziehen.
Andere Vögel der gleichen Arten versammeln
sich um die beiden Schöpfer.
Auch sie stimmen nun den Tönen zu und
kämpfen um die Takte.
Währenddessen verdoppelt der Wind seine
Anstrengungen und fegt die letzten Früchte
von dem Baum, der über die Zukunft

entscheiden wird.

Unbeeindruckt und dennoch fest mit den Krallen in ihren Ästen verankert, ergeben sich die Flügelträger ihrem Schicksal. Schnaubend vor Wut stampft die Natur auf den Boden des Gartens.

Der Baum passt sich diesem Takt an, wodurch die Krallen der Verlierer aus seinen Ästen gedrängt werden.

Weder Zaunkönigen, noch Grünfinken bleiben genug Zeit, um zu beenden, was sie begonnen haben.

Leidvoll müssen die Augen der beiden ersten betrachten, wie ihr Gefolge sich dem Anfang ergibt, wie es einst die Früchte taten.

Die Pupillen brechen ihren Wettkampf ab, ohne eine Führung für eines der beiden Paare zu verlangen.

In ihre Ecken gedrängt keuchen beide Federhäute den letzten Rest ihrer Melodien aus ihrem Innersten heraus.

Keiner von ihnen ist bereit aufzugeben, geschweige denn kampflos.

Auf einmal verlieren beide Verlierer ihren letzten Halt und werden vom Keuchen des Windes fortgeschleppt.

Das Stampfen versiegt, während der Wind seinen Möglichkeiten immer mehr gewahr wird.

Die Wegentscheidung muss warten.

Genauso wie das Ende der Schnabelsinfonie.
Dem Anfang folgt das Ende.

3. Segment

Spät.

Wieder?
Ich stehe im Aufzug.
Wieder?
Habe meinen Sinn erfüllt.
Kann gehen.
Ich schaue auf meine Uhr.
Es ist spät. Nicht mehr früh.
Muss nach Hause.
Muss einkaufen.
Die Aufzugtüren schließen sich.
Es ist warm in ihm.
Zu warm.
Ich schwitze.
Will meinen Aktenkoffer abstellen.
Meine Stirn runzelt sich.
Er ist nicht in meiner Hand.
Ich habe ihn vergessen.
Er liegt an meinem Arbeitsplatz.
Schade.
Ich kann nicht mehr umkehren.
Er ist verloren.
Ich öffne meinen Kragen.
Es scheint noch heißer geworden zu sein.
Mir ist nicht wohl.
Kann darauf keine Rücksicht nehmen.
Muss bis heute Abend durchhalten.
Nur bis heute Abend.
Ich reiße mich zusammen. Versenke beide
Hände in meinen Hosentaschen.
Ich habe mich verändert. Leider.

Ich mache einen Fehler nach dem anderen.
Anfängerfehler.
Die anderen Städter merken es nicht. Warum
wohl.
Vielleicht machen sie inzwischen auch Fehler.
Mein Gewissen weißt mich zurecht.
Meine Gedanken sind gefährlich.
Gefährlicher als jeder meiner Fehler.
Plötzlich fällt es mir auf.
Ich bin alleine im Aufzug. Wie konnte ich das
übersehen.
Meine Kollegen haben mich verlassen.
Ansonsten haben sie sich immer um mich
gescharrt. Habe ich mich wirklich so sehr
verändert. Bin ich kein Städter mehr.
Ich muss mich zusammenreisen.
Es dauert nicht mehr lange.
Der Aufzug öffnet seine Türen.
Er war schnell. Schneller als sonst.
Ich zittere. Verlasse den Aufzug.
Ich stehe in der Vorhalle. Wie heute Morgen.
Als es noch nicht spät war.
Die anderen Städter übersehen mich. Selbst
die Wächter mit ihren weißen Anzügen.
Ich kann sie nicht ansehen.
Sie blenden mich.
Ich verlasse das Gebäude.
Ohne zurückzublicken. Ohne Abmeldung.
Ohne Aktenkoffer.
Ich bin erbärmlich.

Es ist kalt.

Ich zittere.

Ich bin draußen.

Es bleibt Kalt.

Die Sonne scheint.

Ich versenke meine Hände noch tiefer in meinen Taschen.

Ich wirke befremdlich.

Auch hier ignorieren mich die anderen Städter.

Verzweifelt schaue ich auf meine Uhr.

Nichts hat sich verändert.

Es ist immer noch spät. Schade. Nein. Nicht Schade.

Ich muss einkaufen.

Ich habe noch Zeit.

Ich muss diesen Glücksfall nutzen.

Ich bewege mich.

Ich greife mir mit meiner Uhrhand meine Nase.

Irgend etwas habe ich vergessen.

Irgend etwas wichtiges.

Meinen Aktenkoffer und meinen Regenschirm kann ich ausschließen. Trotzdem komme ich nicht darauf.

Ich bin kein Städter mehr.

Die, die es noch sind, tanzen durch die Straßen der Stadt.

Alle sind blind.

Ich stolpere. Mein Rettungsversuch versagt und ich falle auf den Betonboden.

Ich habe mich nicht verletzt. Nicht wesentlich. Lauter Städter laufen um mich herum. Wirr und unkontrolliert. Alle tragen saubere Schuhe.

Ich beneide sie.

Ich versuche aufzustehen. Schaffe es aber nicht. Auch meine restlichen Versuche scheitern.

Ich habe alles versucht. Mich an alles Gegebene gehalten. Nichts hilft mir. Weder in der Vergangenheit, noch jetzt.

Erwartungslos lege ich mich auf den Boden und warte auf das Ende.

Die Sonne scheint mir ins Gesicht. Irgendwie angenehm.

Leider beginnen die Wolken damit, sich des Himmels zu bemächtigen.

Es kann nicht mehr lange dauern.

Es wird nicht mehr lange dauern.

Ich gebe auf.

Ich mache keinen Sinn mehr.

Plötzlich greift mir jemand unter meine Schultern.

Einen Ruck später stehe ich.

Ich drehe mich um. Schnell.

Mein Helfer ist verschwunden.

Ein grauer Schleier vereint sich mit der Menge. Unglaublich.

Mein Helfer bleibt verschwunden.

Kann mich damit nicht aufhalten.

Meine Schritte führen mich zum Einkaufen.
Ich spüre die Sonne nicht mehr.
Ein weißer Städter nähert sich mir.
Er sticht aus der Masse heraus.
Ein roter Blutfleck ziert seinen Anzug.
Er hinkt. Keiner würdigt das.
Er ist kein Wachstädter mehr.
Ich wende meinen Blick ab.
Meine Nase rümpft sich. Da merke ich es.
Etwas Fauliges umgibt mich.
Es geht von der Stadt aus. Widerwärtig.
Wieder etwas, das mir noch nie zuvor
aufgefallen ist.
Ich kann kaum mehr atmen.
Damit muss ich leben. Genauso wie die
anderen Städter.
Ich vermisse meinen Aktenkoffer. Sein
Schwarz macht mich erst einmalig. Ganz zu
schweigen von seinem Halter.
Die Straßen sind sauber. Nicht ein Brotkrümel
liegt auf ihnen. Kein Staubkorn, das nicht von
uns platziert worden wäre.
Die Regeln regeln sich. Wie immer. Normal.
Meine Erleichterung ist mir anzumerken. Sie
muss mir anzumerken sein.
Warum mache ich mir solche Gedanken.
Es ist mir egal.
Es war mir immer schon egal.
Es wird mir immer egal sein.
Ich bin einer von ihnen und werde immer einer

von ihnen bleiben.

Ich bin perfekt.

Ich bin ein Städter.

Ich fahre mir durch die Haare.

Ich schaue auf meine Uhr.

Es ist spät.

Noch ein paar Meter, dann bin ich beim Markt.

Ein bemitleidenswertes Bauwerk. Seine Wände sind aus Holz. Auf seine Fenster wurde Grün aufgetragen.

Alles in allem eine schäbige Erscheinung.

Dieses Machwerk gehört nicht zur Stadt. Nicht zu den Städtern. Nicht zu uns. Nicht zu mir.

Es ist die letzte Bastion der Nichtstädter.

Weder das Aroma der Stadt, noch ihre Tonkonzerte sind in ihm.

Ob das Mädchen von heute Morgen hier konstruiert wurde. Wieder die falschen Gedanken.

Die gefährlichen Gedanken.

Es ist mir egal.

Ich muss den Markt betreten. Habe keine Wahl.

Er ist der einzige, der meine Gebrauchsgüter für meinen Abend führt. Meinen Wein und mein Fleisch.

Ich bin angekommen.

Ich stehe vor seinen Pforten. Inzwischen.

Ich bin unentschlossen.

Kann mich nicht überwinden durch sein Portal
zu schreiten.
Es zerreist mich. Mehrfach.
Ich nehme meine letzte Hand aus meiner
Hosentasche.
Etwas Brennendes macht sich in mir breit.
Plötzlich zerstört der Lärm des Religiösen das
Lied der Stadt.
Ich kann keinen klaren Gedanken mehr fassen.
Ich schaue auf meine Uhr.
Ich bin pünktlich.
Wie betrunken torkele ich durch die
Eingangstüren des Marktes. Meine Zeit ist
gekommen. Es ist nicht mehr spät.
Leider.
                    Es ist sogar fast zu spät!

Sie hustet.

Das Atmen fällt ihr schwer.

Ihr Kind zerrt an ihr. Es ist ein Mädchen in Weiß.

Die Mutter hält sich ihre Hand vor den Mund.

Beide befinden sich vor einem gewaltigen Metallkasten.

Er sticht vor ihnen in den Himmel.

Die Mutter betritt den Kasten.

Das Kind wird hineingezogen.

Automatische Türen haben sich innerhalb von Sekunden geöffnet und geschlossen.

Innen:

Eine Halle.

Ein Gebilde von Städtern in weißen Kitteln erstreckt sich vor Mutter und Kind.

Jeder Bestandteil trägt ein Kreuz auf dem Rücken.

Am ganzen Körper zitternd, geht die Mutter auf den Ersten zu.

Das Kind wird wild.

Seine Zerrungen entarten in Verschränkungen.

Ein Ausschlag markiert die Hände der Mutter.

"Können Sie mir helfen?", fleht sie. Hilflos.

Der Kittelträger erforscht sie mit seinen Sinnen.

Das Kind verfällt der Raserei.

Es schreit, weint und kratzt.

Ein zweiter Weiskittel beschließt seine Teilnahme an ihrer Dreieinigkeit.

Er packt das Kind und entfernt es von seiner Mutter.

Die Mutter lässt sich von ihrem Verführer fortführen. Geschwächt und widerstandslos.

Das Kind weint nach seiner Mutter. Seinem Städter fällt es zunehmend schwerer es seinem Willen unterzuordnen.

Dabei kennt er alles, was je Früchte zu tragen im Stande war.

Schließlich sperrt er es in die Besenkammer.

Das Kind hämmert gegen die Türe.

Trotz aller Hoffnung kann es das Verschließen nicht verhindern. Die Tochter wurde weggesperrt.

Ihr Städter hat sich ins Gebilde eingeordnet.

Die Tochter setzt sich auf den Bretterboden.

Die Besen verbinden sich durch Spinnenweben miteinander.

Die Tochter macht sich einen Spaß daraus, diese Spinnenfäden an ihren Fingern aufzurollen. Einzeln und vorsichtig.

Der Staub mehrt sich.

Ihre Gedanken nehmen ab.

Der Ballen in ihren Händen wird größer.

Ihre Dornensandalen bleiben staubfrei. Ihre Gewänder nicht. Einer der Besen fällt um. Das Schilfrohr, aus dem er erschaffen wurde, scheint einst von Parasiten bevölkert worden zu sein. Desto größer die Staubhülle wird, desto mehr Besen der selben Art verfallen dem Zwang der Schwerkraft.

Ihr Ballen neigt sich seiner Erfüllung entgegen.

Die Tochter kichert.

Es gibt keine Spinnen mehr in dieser Kammer.

Der letzte Besen fällt.

Es gibt nichts, womit sie sich noch beschäftigen könnte.

Sie rollt den Ballen zum Haufen der Gefallenen und macht sich erneut an der Türe zu schaffen.

Erst vorsichtig und bedacht, dann kindisch.

Bei den heftigen Bewegungen, die das Kind leiten, fällt sämtlicher Staub von ihm ab.

Ein Geräusch lässt es ins Stocken geraten.

Das Schloss der Türe wird geöffnet.

Das Kind bringt seinen Körper auf Abstand.

Die Verriegelung wurde entriegelt.

Die Türe wird unter einem Quietschen geöffnet.

Metall triumphiert über Holz.

Die Türe ist offen und das Kind hört auf zu weinen.

Seine Äuglein staunen über die Gestalt des Schlossbrechers. Grinsend und wortlos steht ein Städter in Grau zwischen den Angeln.

Das Kind stürmt auf ihn zu und umarmt ihn.

Der Graue Städter streichelt den Staub aus den

Haaren des Kindes.

Sie strahlen.

Schließlich beugt er sich zu dem jungen Menschen herab und drückt ihm einen Zettel in die Hand.

Überrascht blickt das Kind auf das durchnässte Papierstück.

Der Graue umfasst mit seinen Händen die des Kindes und sorgt dafür, dass es seine um das Übergebene verschließen muss.

„Vergiss mich!", sagt der Graue noch, bevor er das Kind in die Eingangshalle schiebt.

Er verharrt an Ort und Stelle, ohne das Weggestoßene noch einmal betrachten zu wollen.

Das Kind beginnt zu rennen. In Richtung des Ausganges.

Nicht einmal das Gebilde ist im Stande seine Undurchlässigkeit gegenüber ihm zu behaupten.

Das Kind erblickt den Hausmeister. Verlassen sitzt er mit seinem Barte auf einem Schemel in der Ecke.

Er döst vor sich hin.

Seine Augen sind von der Anstrengung der Vortage verschlossen worden.

Fast wäre das Kind von einem Bestandteil erfasst worden.

Es konzentriert sich wieder auf den Ausgang.

Ein Städter in schwarzem Anzug stellt sich

ihm in den Weg.

Das Kind erstarrt körperlich und geistig.

Dieser Städter ist seine Mutter!

Mit Regenschirm und Aktenkoffer steht sie
vor ihrem Kind.

Dieses erkennt sie nur anhand eines Restduftes
wieder.

Selbst das Gesicht der Mutter wurde dem der
übrigen Städter angepasst.

Die Mutter ist ein Städter!

Ein Kittelstädter positioniert sich hinter dem
Mutterstädter.

Sein Kreuz am Rücken ist wirklicher als das
der anderen.

Die beiden Städter öffnen die Verschränkung
ihrer Arme.

Das Kind weicht zurück.

Das Gebilde verschließt ihm den Rückweg.

Es kommt nicht weiter!

Die beiden Städter nähern sich.

Ein Zwang in Form eines Lächelns
überschattet ihre Gesichter.

Das Kind rennt beiden entgegen. Sein
anfänglicher Widerwille entschwindet durch
die Ritzen im Gebilde.

Es wird kalt im Metallkasten.

Die Heizkörper wurden abgeschaltet.

Der Hausmeister hat die Hebel mit seinem
letzten Atemzug umgelegt.

Ein letzter Blick auf die Tochter gelingt ihm

noch, ehe er im Gebilde verdaut wird.
Die Tochter durchfährt ein Ruck.
Ihr Tränenfluss setzt wieder ein.
Fast in den Armen des Mutterstädters
angekommen, entschließt sie sich für eine
letzte Wendung.
Sie steht vor den gläsernen Automatiktüren.
Die beiden Städter greifen nach ihr.
Die Tochter bemerkt es nicht.
Sie blickt nicht zurück.
Ein Lachen schallt durch den Raum.
Die Tochter hat den Metallkasten verlassen.
Das Gebilde, nun um einen Bestandteil
erweitert, drängt sich an die Türen.
Diese verweigern ihm die Ausbreitung.
Vorerst.
Sie öffnen sich nicht mehr.
Die Tochter ist im Labyrinth der Gassen
untergetaucht.
Immer mehr Risse zerstreuen sich auf den
Automatiktüren.
Das Lachen hat aufgehört.
Der Graue Städter hat den Metallkasten
verlassen.
Der Regen setzt wieder ein.
Es donnert.

Regen

Es blitzt.
Der Himmel ist mit Wolken bedeckt.
Blitz und Donner geben ein Konzert.
Ein Unwetter.
Kein Ende in Sicht.
Es regnet. Unaufhaltsam.
Der Horizont trauert.
Ein grauer Schleier bedeckt ihn.
Die Mauern der Stadt sind Gäste in diesem
Trauerzug.
Sie sind hilflos und blass.
Der Regen verschmiert das Geschmierte auf
ihnen.
Es entsteht ein Bild. Ein Umriss.
Es entstehen viele Bilder. Viele Umrisse.
Die Mauern bluten Farbe und Wasser.
Ihr Blut entschwindet in den Abwässerkanälen
der Stadt.
Etwas Strenges bleibt zurück.
Die Städter merken nichts.
Sie gehen mit ihren Regenschirmen durch die
Kreuzungen ihrer Stadt.
Ihre Anzüge bleiben wasserfrei.
Ihre Aktenkoffer bleiben unberührt.
Nichts stört sie.
Nichts bringt sie aus der Fassung.
Sie achten nicht darauf.
Sie leben in ihrer eigenen Welt.

Sie leben in ihrer Stadt. Der Stadt.

Das Lied der Stadt spielt noch.

Die Sinfonie ist nicht vergessen.

Die Chöre sind beisammen.

Hupen und Sirenen sind heute Solisten.

Falsche Töne durchfluten die Melodie.

Der Hintergrund stimmt nicht.

Die Stadt musiziert falsch.

Es ist ein Abend des Trauerns.

Ein Schuss sticht hervor! Leise. Kaum hörbar.
Deutlich!

Er wird von Donner und Blitz begleitet.

Der Regen nimmt zu.

Hochhäuser verdecken den Ort des
Geschehens und schneiden Löcher in den
Horizont.

Ein Städter mit Regenmantel steht in einer
Gasse.

Er hat eine Schusswaffe in der Hand.

Vor ihm befindet sich etwas. Etwas
Bewegungsloses.

Das Gesicht des Bewaffneten ist verdeckt.

Der Schatten seines Regenschirmes ist zu lang.

Leichte Rauchfäden verlassen seine Waffe.

Sie machen sich in Richtung Himmel auf.

Sie entkommen durch die Löcher im Horizont.

Das Bewegungslose liegt mitten in der Gasse.

Das Regenwasser verteilt das Blut in der
Gasse.

Die Schuhe des Mantelstädters werden rot.

Das Blutregenwasser flüchtet in die Stadtkanäle und vermischt sich mit dem Blut der Mauern.

Ein neues Ensemble hat sich gefunden.

Der Waffenstädter rümpft die Nase.

Er nimmt sein Kampfgerät und wirft es in den nächsten Schacht. Seine Augen verharren auf dem Bewegungslosen.

Die Blitze geben dem Bewegungslosen eine Existenz! Einen Umriss! Eine Gestalt!

Man erkennt den Körper eines Städters!

Der Mantelstädter steht wie angewurzelt auf dem Blutteppich.

Plötzlich springen die Straßenlaternen an und erhellen den Ort des Geschehens.

Das Gesicht des Mantelstädters bleibt verdeckt.

Er bewegt sich. Schritt für Schritt. Durch Blut und Regen.

Er läuft auf den toten Städter zu, bis er vor ihm steht.

Seine Hand lässt seinen Regenschirm los, woraufhin dieser von einem Windzug entführt wird.

Es wird kein Lösegeld geben. Keine Forderungen.

Der Mantelstädter wird ihn nie wieder sehen.

Der Regen durchnässt ihn. Ungewohnt.

Ein weiterer Blitz entblößt seinen Mantel.

Er ist Grün.

Auch ein Anhänger an seinem Hals wird offenbart.

Dieser formt eine Ziffer. Eine Zahl.

Unbekannt bekannt.

Er beugt sich zu dem Toten hinab und dreht ihn mit einem Ruck herum.

Ein lebloser Städter mit einem Loch in der Stirn grinst ihn an.

Die Leiche trägt ein graues Jackett und eine graue Leinenhose.

Beides ist bedeckt mit Bügelfalten.

Der Mund des Grauen Städters steht offen.

Der Regen vermischt sich mit dem Blut darin.

Der Schütze nimmt seine Schusshand und schließt die Augen des Toten.

Der Grüne Städter lächelt und weint.

Sein Lächeln wird immer vom nächsten Lächeln überboten.

Seine Tränen werden immer von folgenden Tränen verwischt.

Schließlich packt er den Toten und steht wieder auf.

Er rümpft sich die Nase und trägt ihn zu einem Metallmülleimer.

Sekunden später hat er sein Ziel erreicht.

Er wirft den Körper des Grauen mit einem Zuck hinein.

Der Regen füllt den Metallmülleimer mit Wasser.

Die letzten Reste des Grauen versinken

widerstandslos.

Er ist versunken!

„Endlich!", sagt der Grünmantel noch, bevor er die Gasse verlässt.

Ein Duett aus Blitz und Donner begleitet ihn.

Sein Lächeln wird immer größer und größer.

Sein Mund wird immer breiter und breiter.

Das Blutregenwasser verflüchtigt sich endgültig in die Abwässer der Stadt.

Das Regenwasser übernimmt wieder die Kontrolle über den Trauerzug.

Der Grüne Städter ist inzwischen am Ausgang der Gasse angekommen.

Er bleibt stehen.

Er weiß nicht warum.

Sein Körper gehorcht ihm nicht mehr.

Er hört auf zu lächeln und beginnt sich umzusehen.

Seine Augen erforschen jeden Winkel der Gasse.

Nichts ist zu sehen. Nichts zu erkennen. Nichts hat sich verändert.

Es donnert! Es blitzt!

Ihr Duett zerreist den Metalleimer.

Der Eimer brennt.

Sein Inhalt brennt.

Die Gasse brennt.

Die Flammen schlagen um sich.

Der Mantelstädter beobachtet dieses Geschehen.

Seine Gesichtszüge versteinern sich.
Blitz und Donner verwunden den Horizont.
Sie verlieren die Kontrolle.
Zwei Öffnungen sind entstanden.
Der Grüne Städter weint Himmelstränen!
Auch sie fließen in die Abwässerkanäle der
Stadt.
Das Stadtaroma ändert sich.
Kein Städter hat es gemerkt.
Der Grüne rennt.
Sein Körper gehorcht ihm wieder.
Seine Glieder unterwerfen sich ihm.
Die Öffnungen schließen sich. Schon?
Eine Explosion entsteht.
Man hört sie überall. Überall wo es Leben gab.
Überall wo es Leben gibt. Überall wo es
Leben geben wird.
Alle Städter halten nun inne!
Alle schließen sie ihre Regenschirme!
Alle schauen sie gen Himmel!
Alle bleiben sie stehen und betrachten das
Spektakel!
Das Unwetter löst sich auf und der Horizont
wird wieder klar. Die Sonne sticht hervor.
Es wird hell.
Ein Regenbogen ist entstanden.
Der Trauerzug endet.
Das Lied der Stadt nähert sich seinem letzten
Takt.
Alle Städter haben es gemerkt.

Alle bis auf den Grünen.

Er ist der einzige, der nicht inne hält.

Er rennt durch die Gassen, verfolgt von Albträumen.

Er lächelt nicht mehr.

Er weint nicht mehr.

Sein Gesicht ist leer!

Er ist der einzige, auf den es regnet.

Er wird nie wieder die Sonne erblicken.

Nie wieder einen Regenbogen sehen.

Lediglich der Regen und dessen Trauerzug werden ihm erhalten bleiben.

Sein Tag ist zu Ende. Genauso wie der Tag des Grauen.

4. Segment

Zu Spät?

Schon wieder:
Ich stehe an der Kasse. Bin Einkaufen.
Im Machwerk der Nichtstädter.
Meiner neuen Bastion.
Ich kaufe alles für meinen Abend.
Einen Rotwein und ein Stück Lamm.
Ich bin dran.
Eine Nichtstädterin lächelt mich an.
Sie ist die Kassiererin.
Sie lächelt. Müde. Abgestumpft. Eingeübt.
Nicht ernst gemeint.
Ich bin ihr egal. Sie ist mir egal.
Ich lächele zurück.
Alles normal.
Sie zieht meine Sachen über den Tresen.
Es piept. Zweimal.
Sie nennt mir einen Preis.
Ich zahle.
Sie blickt mich an. Gelangweilt.
„Schönen Abend noch." Wir lächeln uns an.
„Ebenfalls." Sie bedient den nächsten.
Ich packe alles ein.
Meinen Wein und mein Fleisch.
Ein letzter Blick.
Sie hat mich vergessen.
Interessiert sich nicht für den nächsten.
Für den Nichtstädter hinter mir.
Sie wiederholt sich. Weiß was kommt. Wie
ich.
Alles bleibt gleich.

Ich schaue auf meine Uhr. Ein Erbstück. Vom
Vorstädter meines Vorstädters.
Ich habe noch Zeit.
Es ist noch nicht zu Spät.
Ich gehe auf die Schiebetüre zu.
Sie öffnet sich.
Ich verlasse meine Bastion.
Draußen. Endlich. Lärm. Gehupe.
Die Welt der Städter.
Die Welt der Stadt.
Meine armen Ohren. Mein armer Kopf.
Das Faule ist noch hier.
Ich rieche es. Schmecke es. Fühle es.
Eine alte Frau.
Sie rempelt mich an. Würdigt mich keines
Blickes.
Sie sagt keinen Ton. Hat mich nicht bemerkt.
Nicht wahrgenommen.
Ist mir egal.
Ich muss zur Ampel. Muss die Straße
überqueren.
Sirenen.
Ich höre sie.
Weit weg und doch ganz nah.
Ich erreiche die Ampel.
Rot. Endlos.
Ich muss warten.
Automobile fahren an mir vorbei.
Kaum erscheinen sie, schon sind sie wieder
verschwunden.

Alles ist schnell. Alles wird immer schneller.
Zu schnell für mich.
Gelb. Endnah.
Die Städtermobile fahren immer noch.
Ich warte.
Grün. Endlich.
Ich kann gehen.
Ich zögere. Zum Glück.
Ein Städtermobil rast trotz Rot an mir vorbei.
Es hat mich verfehlt. Ein Glück.
Die Zeit wird knapper.
Mein Abend nähert sich.
Ich überquere die Straße.
Die anderen Automobile warten.
Ihre Städter warten auf mich.
Ich gehe weiter.
Nichts ist passiert.
Nichts besonderes.
Alles ist Normal. Zu normal.
Die Bushaltestelle.
Ich habe ein neues Ziel.
Es fängt an zu regnen.
Ich beeile mich. Will ins Trockene. Kann
diesen Regen nicht gebrauchen.
Völlig durchnässt erreiche ich die Haltestelle.
Sie ist überdacht.
Der Regen kann mich nicht mehr erfassen.
Ich vergesse ihn.
Ich warte.
Städter kommen.

Alle sehen gleich aus und doch ist jeder
einzigartig normal.
Es werden immer mehr.
Keiner würdigt den anderen eines Blickes.
Alle können einander sehen, trotzdem sieht
keiner den anderen.
Der Bus kommt.
Er fährt zu meinem Heim. Meinem Ziel.
Meinem Abend.
Es ist der richtige Bus.
Der Einzige.
Er hat eine Zahl. Eine Ziffer. Bekannt
unbekannt.
Alles wie immer.
Alles läuft so ab, wie es soll. Noch.
Der Bus öffnet seine Türen.
Die Städter drängeln.
Alle wollen rein.
Keiner möchte den anderen vorlassen.
Keiner verlässt den Bus.
Die Städter verschieben einander.
Eine Frau wird auf den Boden gestoßen.
Eine alte Frau. Die alte Frau.
Sie trägt einen Hut. Ein antikes Stück.
Sie ist kein Städter. Merkwürdig.
Sie weint.
Sie fleht.
Keiner hilft ihr auf.
Keiner beachtet sie.
Sie kommt nicht hoch.

Sie hat Angst.

Die Menge verschlingt sie.

Ich steige ein.

Die alte Frau nicht.

Ich bin im Bus und sehe aus dem Fenster.

Sie steht wieder.

Die alte Frau lächelt den Bus an.

Sie hat keine Angst mehr.

Der Bus fährt los.

Ich schaue mich um. Kein freier Sitzplatz mehr.

Alle guten Plätze sind bereits vergeben.

Der Bus ist überfüllt.

Ich muss stehen.

Es stinkt nach Schweiß.

Ich schwitzte nicht.

Es ist mir egal.

Keiner möchte die Busfahrt miterleben.

Keiner schaut aus dem Fenster.

Keiner beachtet den anderen.

Manche reden aneinander vorbei.

Ein Mädchen sitzt in der Ecke. Es scheint seine Mutter verloren zu haben. Es ist sehr jung. Zu jung für einen Städter.

Sie ist kein Städter.

Sie wird nicht beachtet.

Tränen verlassen ihre Augen.

„Endstation!" Wir sind da. Am Ziel. Meinem Ziel.

Ich kann es kaum glauben.

Der Bus war schnell. Zu schnell.
Die Türen öffnen sich.
Das Mädchen verlässt als erstes den Bus.
Hofft sie ihre Mutter zu finden.
Ich weiß es nicht.
Es ist mir egal. Eigentlich.
Die Städter zögern.
„Endstation!" Der Busfahrer wiederholt sich.
Er klingt genervt.
Er ist gut gefahren. Eigentlich.
Keiner würdigt das. Nicht einmal ich, obwohl
ich es besser wissen sollte.
Ich steige aus. Will es hinter mich bringen.
Erneut wiederholt sich der Busfahrer.
Die Städter steigen aus.
Das Mädchen ist verschwunden.
Ein Zettel liegt auf dem Boden.
Er ist nass.
Ich ignoriere ihn.
Jeder geht seinen eigenen Weg. Keiner geht
mit dem anderen. Der Bus fährt weiter.
Wohin.
Ich weiß es nicht.
Es interessiert mich nicht.
Ich mache mich auf meinen Heimweg.
Ich schlendere die Straße entlang.
Alles sieht gleich aus.
Alles kahl und grau. Harter Beton wohin das
Auge reicht.
Nichts grünes mehr. Nichts buntes.

Ich komme an einem Gotteshaus vorbei.

Städter verlassen es. Haben sie ihren Glauben verloren.

Städter betreten es. Haben sie ihren Glauben gefunden.

Ich sehe auf meine Uhr.

Es ist spät. Fast schon zu spät.

Ich gehe weiter.

Ich lasse das Gotteshaus hinter mir.

Ein imposantes Gebäude mit Türmen, die in den Himmel reichen.

Nicht mehr lange, dann bin ich zu Hause.

Kein Städter ist auf den Straßen.

Ich bin alleine. Verlassen von Verlassenen.

Aber ich lebe.

Oder etwa nicht?

Ich bin zu Hause. Endlich?

Ich stehe davor.

Es ist normal. Mauern und Dach.

Ich betrete es. Gehe zum Aufzug.

„Komm endlich!" Habe ich das etwa gesagt?

Warum bin ich plötzlich so ungeduldig?

Ich weiß doch was kommt.

Er ist da. Der Aufzug.

Ich steige ein. Drücke meine Taste mit der Ziffer. Meiner Ziffer.

Überspringe die anderen.

Ich warte.

Ein Quietschen!

Oberstes Stockwerk.

Mein Stockwerk.

Es wird Zeit, dass ich aussteige.

Bin sowieso der Letzte. Nur ich fehle noch.

Ich schaue auf meine Uhr.

Es ist zu spät.

Viel zu spät?

Ich habe meine Möglichkeiten verprasst.

Meine Kreuzungen. Schade.

Jetzt habe ich mein Abendmahl umsonst
gekauft.

Es sollte mein Letztes werden. Vielleicht hätte
es noch etwas geädert. Etwas herausgerissen.

Inzwischen ist es zu spät.

Viel zu spät! Leider.

Es ist vorbei!

Für mich und alle anderen Städter!